经典悦读

十月独行

林徽因 著

浙江人民美术出版社
全国百佳图书出版单位

前　言

林徽因（1904—1955），原名徽音，福建闽县（今福州）人，出生于浙江杭州。中国现代著名建筑师、诗人、作家，民国时期著名才女之一。

林徽因出身于一个官僚知识分子家庭，在青少年时期，她在文学和艺术方面的天赋和能力就引起了大家的注意。1920年，16岁的林徽因与父亲旅居英国一年，在伦敦求学时，她对建筑艺术产生了浓厚的兴趣，并立下了做建筑师的志愿。1928年，在美国完成学业后，她与丈夫梁思成一同回国，致力于中国古代建筑的教学与研究。

林徽因随父旅居英国期间，结识了诗人徐志摩，开始对新诗产生兴趣。1923年，徐志摩、胡适等人在北京成立新月社，林徽因常常参加新月社举办的文艺活动。古建筑严谨而专业的科学研究并没有限制林徽因文学创作的热情，在30年代，她陆续发表了一些文学作品，大部分是诗歌，也有散文、小说、戏剧和文学评论。

林徽因的诗多数是以个人情绪的起伏和波澜为主题，探索生活和爱的哲理，吟诵恬静日子里的哲思与感动。她在诗中流露的情感真挚、细密而纯净；用词用句明快隽永、灵巧精妙、韵律自然。因受到新月诗派的影响，她的诗也具有新月诗派所提倡的音乐美、绘画美、建筑美，以语言文字的声音、意义来描画表达情感与意象。她常常能精准又生动地捕捉与描绘那些一闪而过的幻想世界，又常常能敏感又形象地拿捏与刻画种种瞬息万变的情感变化。她写诗时常喜欢边读边写，这个习惯让她的诗歌有一种跳动的韵律，就像一首首凝固在纸页上的歌曲。

这本诗集选编了林徽因现存的大部分诗作，这些诗多为她早期发表在报刊上的作品。令人遗憾的是，她在思想和艺术上更为成熟的诗稿几乎全部遗失。然而透过现存的这些诗作，我们仍能感受到诗人从内心传递到笔端的温度和她凝望这个世界时深情的眼神。

目　录 CONTENTS

经典悦读 · 且听风吟

时间倒着悬挂

花开到深深的深红

像张风筝向蓝穹

一把心紧似琴弦

时间倒着悬挂

一首桃花

桃花，

那一树的嫣红，

像是春说的一句话：

朵朵露凝的娇艳，

是一些

玲珑的字眼，

一瓣瓣的光致，

又是些

柔的匀的吐息；

含着笑，

在有意无意间

生姿的顾盼。

看，——

那一颤动在微风里

她又留下，淡淡的，

在三月的薄唇边，

一瞥，

一瞥多情的痕迹！

二十年五月，香山[1]

[1] 此为作者自署写作时间。以下诗中，无括号的落款均为作者自署，加了括号的为编者所注。

莲　灯

如果我的心是一朵莲花，

正中擎出一支点亮的蜡，

荧荧虽则单是那一剪光，

我也要它骄傲的捧出辉煌；

不怕它只是我个人的莲灯

照不见前后崎岖的人生——

浮沉它依附着人海的浪涛

明暗自成了它内心的秘奥。

单是那光一闪花一朵——

像一叶轻舸驶出了江河——

宛转它漂随命运的波涌

等候那阵阵风向远处推送。

算做一次过客在宇宙里，

认识这玲珑的生从容的死，

这飘忽的途程也就是个——

也就是个美丽美丽的梦。

廿一年七月半，香山

中夜钟声

钟声

敛住又敲散

一街的荒凉

听——

那圆的一颗颗声响

直沉下时间

静寂的

咽喉。

像哭泣，

像哀恸，

将这僵黑的

中夜

葬入

那永不见曙星的

空洞——

轻——重，……

——重——轻……

这摇曳的一声声，

　又凭谁的主意

　把那余剩的忧惶

随着风冷——

　　纷纷

　　　掷给还不成梦的

　　　　　　人。

山中一个夏夜[1]

山中有一个夏夜，深得
像没有底一样；
黑影，松林密密的；
周围没有点光亮。
　　对山闪着只一盏灯——两盏
　　像夜的眼，夜的眼在看！

满山的风全蹑着脚
像是走路一样
躲过了各处的枝叶
各处的草，不响。
　　单是流水，不断的在山谷上
　　石头的心，石头的口在唱。

---

[1] 现存诗作手稿中，第三节被作者改为：虫鸣织成那一片静，寂寞 / 像垂下的帐幔；/ 仲夏山林在内中睡着，/ 幽香四下里浮散。/ 黑影枕着黑影，默默的无声，/ 夜的静，却有夜的耳在听！

均匀的一片静，罩下

像张软垂的幔帐。

疑问不见了，四角里

模糊，是梦在窥探？

夜像在祈祷，无声的在期望，

幽馥的虔诚在无声里布漫。

（一九三一）

秋天，这秋天

这是秋天，秋天，——

风还该是温软；

太阳仍笑着那微笑，

闪着金银；夸耀

他实在无多了的

最奢侈的早晚！

这里那里，在这秋天，

斑彩错置到各处

山野，和枝叶中间，

像醉了的蝴蝶，或是

珊瑚珠翠，华贵的失散，

缤纷降落到地面上。

这时候心得像歌曲；

由山泉的水光里闪动，

浮出珠沫，溅开

山石的喉嗓唱。

这时候满腔的热情

全是你的，秋天懂得，

秋天懂得那狂放，——

秋天爱的是那不经意

不经意的零乱！

但是秋天，这秋天，

他撑着梦一般的喜筵，

不为的是你的欢欣：

他撒开手，一掬璎珞，

一把落花似的幻变，

还为的是那不定的

悲哀，归根儿蒂结住

在这人生的中心！

一阵萧萧的风，起自

昨夜西窗的外沿，

摇着梧桐树哭。——

起始你怀疑着：

荷叶还没有残败；

小划子停在水流中间；

夏夜的细语，夹着虫鸣，

还信得过仍然偎着

耳朵旁温甜；

但是梧桐叶带来桂花香，

已打到灯盏的光前。

一切都两样了，他闪一闪说，

只要一夜的风，一夜的幻变。

冷雾迷住我的两眼，

在这样的深秋里，

你又同谁争？现实的背面

是不是现实，荒诞的，

果属不可信的虚妄？

疑问抵不住单简的残酷，

再别要悯惜流血的哀惶，

趁一次里，要认清

造物更是摧毁的工匠。

信仰只一细炷香，

那点子亮再经不起西风

沙沙的隔着梧桐树吹！

如果你忘不掉，忘不掉

那同听过的鸟啼；

同看过的花好，信仰

该在过往的中间安睡。……

秋天的骄傲是果实，

不是萌芽，——生命不容你

不献出你积累的馨芳；

交出受过光热的每一层颜色；

点点沥尽你最难堪的酸怆。

这时候，

切不用哭泣；或是呼唤；

更用不着闭上眼祈祷；

（向着将来的将来空等盼）；

只要低低的，在静里，低下去

已困倦的头来承受，——承受

这叶落了的秋天，

听风扯紧了弦索自歌挽：

这秋，这夜，这惨的变换！

二十二年十一月中旬

你是人间的四月天
——一句爱的赞颂

我说你是人间的四月天；

笑响点亮了四面风；轻灵

在春的光艳中交舞着变。

你是四月早天里的云烟，

黄昏吹着风的软，星子在

无意中闪，细雨点洒在花前。

那轻，那娉婷，你是，鲜妍

百花的冠冕你戴着，你是

天真，庄严，你是夜夜的月圆。

雪化后那片鹅黄，你像；新鲜

初放芽的绿，你是；柔嫩喜悦

水光浮动着你梦期待中白莲。

你是一树一树的花开，是燕
在梁间呢喃，——你是爱，是暖，
是希望[1]，你是人间的四月天！

[1] 作者后将“希望”改为“诗的一篇”。

城楼上

你说什么？

鸭子，太阳，

城墙下那护城河？

——我？

我在想，

——不是不在听——

想怎样

从前，……

——

对了，

也是秋天！

你也曾去过，

你？那小树林？

还记得么；

山窝，红叶像火？

映影

湖心里倒浸，

那静？

天！……

（今天的多蓝，你看！）

白云，

像一缕烟。

谁又啰嗦？

你爱这里城墙，

古墓，长歌，

蔓草里开野花朵。

好，我不再讲

从前的，单想

我们在古城楼上

今天，——

白鸽，

（你准知道是白鸽？）

飞过面前。

二十四年十月

雨后天

我爱这雨后天，

这平原的青草一片！

我的心没底止的跟着风吹，

风吹：

吹远了草香，落叶，

吹远了一缕云，像烟——

像烟。

二十一年十月一日

黄昏过泰山

记得那天

心同一条长河，

让黄昏来临，

月一片挂在胸襟。

如同这青黛山，

今天，

心是孤傲的屏障一面；

葱郁，

不忘却晚霞，

苍莽，

却听脚下风起，

来了夜——

八月的忧愁

黄水塘里游着白鸭，

高粱梗油青的刚高过头，

这跳动的心怎样安插，

田里一窄条路，八月里这忧愁？

天是昨夜雨洗过的，山岗

照着太阳又留一片影；

羊跟着放羊的转进村庄，

一大棵树荫下罩着井，又像是心！

从没有人说过八月甚么话，

夏天过去了，也不到秋天。

但我望着田垄，土墙上的瓜，

仍不明白生活同梦怎样底连牵。

二十五年夏末

山　中

紫色山头抱住红叶，将自己影射在山前，
人在小石桥上走过，渺小的追一点子想念。
高峰外云在深蓝天里镶白银色的光转，
用不着桥下黄叶，人在泉边，才记起夏天！

也不因一个人孤独的走路，路更蜿蜒，
短白墙房舍像画，仍画在山坳另一面，
只这丹红叶叶替代人记忆失落的层翠，
深浅围抱这同一个山头，惆怅如薄层烟。

山中斜长条青影，如今红萝乱在四面，
百万落叶火焰在寻觅山石荆草边，
当时黄月下共坐天真的青年人情话，相信
那三两句长短，星子般仍挂秋风里不变。

二十五年秋

古城春景

时代把握不住时代自己的烦恼，——

轻率的不满，就不叫它这时代牢骚——

偏又流成愤怨，聚一堆黑色的浓烟

喷出烟囱，那矗立的新观念，在古城楼对面！

怪得这嫩灰色一片，带疑问的春天

要泥黄色风沙，顺着白洋灰街沿，

再低着头去寻觅那已失落了的浪漫

到蓝布棉帘子，万字栏杆，仍上老店铺门槛？

寻去，不必有新奇的新发现，旧有保障

即使古老些，需要翡翠色甘蔗做拐杖

来支撑城墙下小果摊，那红鲜的冰糖葫芦

仍然光耀，串串如同旧珊瑚，还不怕新时代的尘土。

二十六年春，北平

除夕看花

新从嘈杂着异乡口调的花市上买来，
碧桃雪白的长枝，同红血般的山茶花。
着自己小角隅再用精致鲜艳来结采，
不为着锐的伤感，仅是钝的还有剩余下！

明知道房里的静定，像弄错了季节，
气氛中故乡失得更远些，时间倒着悬挂；
过年也不像过年，看出灯笼在燃烧着点点血，
帘垂花下已记不起旧时热情、旧日的话。

如果心头再旋转着熟识旧时的芳菲，
模糊如条小径越过无数道篱笆，
纷纭的花叶枝条，草看弄得人昏迷，
今日的脚步，再不甘重踏上前时的泥沙。

月色已冻住，指着各处山头，河水更零乱，

关心的是马蹄平原上辛苦，无响在刻画，

除夕的花已不是花，仅一句言语梗在这里，

抖战着千万人的忧患，每个心头上牵挂。

春天田里漫步

春天田里，慢慢的，有花开，

有人说是忧愁，——

有人说不是：人生仅有

无谓的空追求！

那么是寂寞了，诗意的悲哀

心这样悠悠：

　　古今仍是一样，

　　河水缓缓的流。

青青草原，新才追到眼前，

有人说是春风，——

有人说不是：季候正逢

情感的天空，

或许是自己呢，怀念远边，

心这样吹动？

古今永远不变，

春日迟迟中红。

一九四〇，四川李庄上题初病后

桥

他的使命：

　　南北两岸莽莽两条路的携手；

他的完成

　　不挡江月东西，船只上下的交流；

他的肩背

　　坚定的让脚步上面经过，找各人的路去；

他的胸怀，

　　虚空的环洞，不把江心洪流堵住。

他是座桥：

　　一条大胆的横梁，立脚于茫茫水面；

一堆泥石，

　　辛苦堆积或造形的完美，在自然上边；

一掬理智，

　　适应无数的神奇，支持立体的纪念；

一次人工，

　　矫正了造化的疏忽，将隔绝的重新牵连！

他是座桥，

　　看那平衡两排如同静思的栏杆；

他的力量，

　　两座桥墩下，多粗壮的石头镶嵌；

他的忍耐，

　　容每道车辙刻入脚印已磨光的石板；

他的安闲，

　　岁月增进，让钓翁野草随在身旁。

他的美丽，

　　如同山月的锁钥，正见出人类匠心；

他的心灵，

　　浸入寒波，在一钩倒影里续成圆形。

他的存在，

　　却不为嬉戏的闲情——而为责任；

他的理想，

　　该寄给人生的行旅者一种虔诚。

三十六年六月

破　晓

木格子窗上，支支哑哑的响。
泻向薄冰的纸上，一层微光。
早晨的睡眼见不到一点温暖
你同熄了的炉火应在留恋昨晚。

忽然钟声由冻骤的空中敲出，
悠扬的击节，寒花开在山谷！
这时，任何的梦该卷起，好好收藏
又一天的日子已迈过你的窗栏

三六，冬至，平西郊

昆明即景

一　茶铺

这是立体的构画，
　描在这里许多样脸
在顺城脚的茶铺里
　隐隐起喧腾声一片。

各种的姿势，生活
　刻划着不同方面：
茶座上全坐满了，笑的，
　皱眉的，有的抽着旱烟。

老的，慈祥的面纹，
　年轻的，灵活的眼睛，
都暂要时间茶杯上

停住，不再去扰乱心情！

一天一整串辛苦，
此刻才赚回小把安静，
夜晚回家，还有远路，
白天，谁有工夫闲看云影？

不都为着真的口渴，
四面窗开着，喝茶，
跷起膝盖的是疲乏，
赤着臂膀好同乡邻闲话。

也为了放下扁担同肩背
向运命喘息，倚着墙，
每晚靠这一碗茶的生趣
幽默估量生的短长……

这是立体的构画，

　设色在小生活旁边，

荫凉南瓜棚下茶铺，

　热闹照样的又过了一天！

二　小楼

张大爹临街的矮楼，[1]

半藏着，半挺着，立在街头，

瓦覆着它，窗开一条缝，

夕阳染红它，如写下古远的梦。

矮檐上长点草，也结过小瓜，

破石子路在楼前，无人种花，

是老坛子，瓦罐，大小的相伴；

[1] 此句在作者初稿中为“那上七下八临街的矮楼”。昆明旧式民居典型制式为底楼高八尺，二层高七尺。

尘垢列出许多风趣的零乱。

但张大爹走过，不吟咏它好；

大爹自己（上年纪了）不相信古老。

他拐着杖常到隔壁沽酒，

宁愿过桥，土堤去看新柳！

花开到深深的深红

“谁爱这不息的变幻”

谁爱这不息的变幻，她的行径？
　催一阵急雨，抹一天云霞，月亮，
　星光，日影，在在都是她的花样，
更不容峰峦与江海偷一刻安定。
骄傲的，她奉着那荒唐的使命：
　看花放蕊树凋零，娇娃做了娘；
　叫河流凝成冰雪，天地变了相；
都市喧哗，再寂成广漠的夜静！
　虽说千万年在她掌握中操纵，
她不曾遗忘一丝毫发的卑微。
难怪她笑永恒是人们造的谎，
　来抚慰恋爱的消失，死亡的痛。
但谁又能参透这幻化的轮回，
谁又大胆的爱过这伟大的变幻？

香山，四月十二日

那一晚

那一晚我的船推出了河心，

澄蓝的天上托着密密的星。

那一晚你的手牵着我的手，

迷惘的星夜封锁起重愁。

那一晚你和我分定了方向，

两人各认取个生活的模样。

到如今我的船仍然在海面飘，

细弱的桅杆常在风涛里摇。

到如今太阳只在我背后徘徊，

层层的阴影留守在我周围。

到如今我还记着那一晚的天，

星光、眼泪、白茫茫的江边！

到如今我还想念你岸上的耕种：

红花儿黄花儿朵朵的生动。

那一天我希望要走到了顶层，

蜜一般酿出那记忆的滋润。

那一天我要挎上带羽翼的箭，

望着你花园里射一个满弦。

那一天你要听到鸟般的歌唱，

那便是我静候着你的赞赏。

那一天你要看到零乱的花影，

那便是我私闯入当年的边境！

深夜里听到乐声

这一定又是你的手指，

轻弹着，

在这深夜，稠密的悲思；

我不禁颊边泛上了红，

静听着，

这深夜里弦子的生动。

一声听从我心底穿过，

忒凄凉

我懂得，但我怎能应和？

生命早描定她的式样，

太薄弱

是人们的美丽的想象。

除非在梦里有这么一天，

你和我

同来攀动那根希望的弦。

情　愿

我情愿化成一片落叶，
让风吹雨打到处飘零；
或流云一朵，在澄蓝天，
和大地再没有些牵连。

但抱紧那伤心的标帜，
去触遇没着落的怅惘；
在黄昏，夜半，蹑着脚走，
全是空虚，再莫有温柔；

忘掉曾有这世界；有你；
哀悼谁又曾有过爱恋；
落花似的落尽，忘了去
这些个泪点里的情绪。

到那天一切都不存留，
比一闪光，一息风更少
痕迹，你也要忘掉了我
曾经在这世界里活过。

仍　然

你舒伸得像一湖水向着晴空里
白云，又像是一流冷涧澄清
许我循着林岸穷究你的泉源：
我却仍然怀抱着百般的疑心
对你的每一个映影！

你展开像个千瓣的花朵！
鲜妍是你的每一瓣，更有芳沁，
那温存袭人的花气，伴着晚凉：
我说花儿，这正是春的捉弄人，
来偷取人们的痴情！

你又学叶叶的书篇随风吹展，
揭示你的每一个深思；每一角心境，
你的眼睛望着我，不断的在说话：

我却仍然没有回答，一片的沉静

永远守住我的魂灵。

激　昂

我要借这一时的豪放
和从容，灵魂清醒的
再喝一泉甘甜的鲜露，
来挥动思想的利剑，
舞它那一瞥最敏锐的
锋芒，像皑皑塞野的雪
在月的寒光下闪映，
喷吐冷激的辉艳；——斩，
斩断这时间的缠绵，
和猥琐网布的纠纷，
剖取一个无瑕的透明，
看一次你，纯美，
你的裸露的庄严。
……

然后踩登

任一座高峰，攀牵着白云

和锦样的霞光，跨一条

长虹，瞰临着澎湃的海，

在一穹匀净的澄蓝里，

书写我的惊讶与欢欣，

献出我最热的一滴眼泪，

我的信仰，至诚，和爱的力量，

永远膜拜，

膜拜在你美的面前！

五月，香山

深　笑

是谁笑得那样甜，那样深，

那样圆转？一串一串明珠

大小闪着光亮，迸出天真！

清泉底浮动，泛流到水面上，

　灿烂，

分散！

是谁笑得好花儿开了一朵？

那样轻盈，不惊起谁。

细香无意中，随着风过，

拂在短墙，丝丝在斜阳前

　挂着

留恋。

是谁笑成这百层塔高耸，

让不知名鸟雀来盘旋？是谁

笑成这万千个风铃的转动，

从每一层琉璃的檐边

　摇上

云天？

别丢掉

别丢掉

这一把过往的热情，

现在流水似的，

轻轻

在幽冷的山泉底，

在黑夜，在松林，

叹息似的渺茫，

你仍要保存着那真！

一样是月明，

一样是隔山灯火，

满天的星，

只使人不见，

梦似的挂起，

你问黑夜要回

那一句话——你仍得相信

山谷中留着

有那回音！

二十一年夏

记　忆

断续的曲子，最美或最温柔的
夜，带着一天的星。
记忆的梗上，谁不有
两三朵娉婷，披着情绪的花
无名的展开
野荷的香馥，
每一瓣静处的月明。

湖上风吹过，额发乱了，或是
水面皱起像鱼鳞的锦。
四面里的辽阔，如同梦
荡漾着中心彷徨的过往
不着痕迹，谁都
认识那图画，
沉在水底记忆的倒影！

二十五年二月

无 题

什么时候再能有
那一片静；
溶溶在春风中立着，
面对着山，面对着小河流？

什么时候还能那样
满掬着希望；
披拂新绿，耳语似的诗思，
登上城楼，更听那一声钟响？

什么时候，又什么时候，心
才真能懂得
这时间的距离；山河的年岁；
昨天的静，钟声，
昨天的人

怎样又在今天里划下一道影！

二十五年春四月

题剔空菩提叶

认得这透明体，

智慧的叶子掉在人间？

消沉，慈静——

那一天一闪冷焰，

一叶无声的坠地，

仅证明了智慧寂寞

孤零的终会死在风前！

昨天又昨天，美

还逃不出时间的威严；

相信这里睡眠着最美丽的

骸骨，一丝魂魄月边留恋，——

…………

菩提树下清荫则是去年！

二十五年四月二十三日

昼　梦

昼梦

垂着纱，

无从追寻那开始的情绪

还未曾开花；

柔韧得像一根

乳白色的茎，缠住

纱帐下；银光

有时映亮，去了又来；

盘盘丝路

一半失落在梦外。

花竟开了，开了；

零落的攒集，

从容的舒展，

一朵，那千百瓣！

抖擞那不可言喻的

刹那情绪，

庄严峰顶——

天上一颗星……

　　　晕紫，深赤，

天空外旷碧，

是颜色同颜色浮溢，腾飞……

深沉，

又凝定——

悄然香馥，

袅娜一片静。

昼梦

垂着纱，

无从追踪的情绪

开了花；

四下里香深，

低覆着禅寂，

间或游丝似的摇移，

悠忽一重影；

悲哀或不悲哀

全是无名，

一闪娉婷。

二十五年暑中北平

空　想

终日的企盼企盼正无着落，——

太阳穿窗棂影，种种花样。

暮秋梦远，一首诗似的寂寞，

真怕看光影，花般洒在满墙。

日子悄悄的仅按沉吟的节奏，

尽打动简单曲，像钟摇响。

不是光不流动，花瓣子不点缀时候，

是心漏却忍耐，厌烦了这空想！

你来了

你来了，画里楼阁立在山边，

交响曲由风到风，草青到天！

阳光投多少个方向，谁管？你我

如同画里人掉回头，便就不见！

你来了，花开到深深的深红，

绿萍遮住池塘上一层晓梦，

鸟唱着，树梢头织起细细交柯——

白云却是我们，翻过好几重天空！[1]

（一九三四）

[1] 诗的最后两句后被作者改为："鸟唱着，树梢交织着枝柯，白云/却是我们，悠忽翻过几重天空！"

“九一八”闲走

天上今早盖着两层灰，
地上一堆黄叶在徘徊，
惘惘的是我跟着凉风转，
荒街小巷，蛇鼠般追随！

我问秋天，秋天似也疑问我：
在这尘沙中又挣扎些什么，
黄雾扼住天的喉咙，
处处仅剩情绪的残破？

但我不信热血不仍在沸腾；
思想不仍铺在街上多少层；
甘心让来往车马狠命的轧压，
待从地面开花，另来一种完整。

藤花前

——独过静心斋

紫藤花开了

轻轻的放着香，

没有人知道……

紫藤花开了

轻轻的放着香，

没有人知道。

楼不管，曲廊不作声，

蓝天里白云行去，

池子一脉静；

水面散着浮萍，

水底下挂着倒影。

紫藤花开了

没有人知道！

蓝天里白云行去，

小院，

无意中我走到花前。

轻香，风吹过

花心，

风吹过我，——

望着无语，紫色点。

旅途中

我卷起一个包袱走，

过一个山坡子松，

又走过一个小庙门，

在早晨最早的一阵风中。

我心里没有埋怨，人或是神；

天底下的烦恼，连我的

拢总，

像已交给谁去，……

前面天空。

山中水那样清，

山前桥那么白净，——

我不知道造物者认不认得

自己图画；

乡下人的笠帽，草鞋，

乡下人的性情。

暑中在山东乡间步行，二十五年夏

时　间

人间的季候永远不断在转变
春时你留下多处残红，翩然辞别，
本不想回来时同谁叹息秋天！

现在连秋云黄叶又已失落去
辽远里，剩下灰色的长空一片
透彻的寂寞，你忍听冷风独语？

六点钟在下午

用什么来点缀

六点钟在下午？

六点钟在下午

点缀在你生命中，

仅有仿佛的灯光，

褪败的夕阳，窗外

一张落叶在旋转！

用什么来陪伴

六点钟在下午？

六点钟在下午

陪伴着你在暮色里闲坐，

等光走了，影子变换，

一支烟，为小雨点

继续着，无所盼望！

像张风筝向蓝穹

笑

笑的是她的眼睛，口唇，
和唇边浑圆的漩涡。
艳丽如同露珠，
朵朵的笑向
贝齿的闪光里躲。
那是笑——神的笑，美的笑：
水的映影，风的轻歌。

笑的是她惺忪的鬈发
散乱的挨着她耳朵。
轻软如同花影，
痒痒的甜蜜
涌进了你的心窝。
那是笑——诗的笑，画的笑：
云的留痕，浪的柔波。

微　光

街上没有光，没有灯，

店廊上一角挂着有一盏；

他和她把他们一家的运命

含糊的，全数交给这黯淡。

街上没有光，没有灯，

店窗上，斜角，照着有半盏。

合家大小朴实的脑袋，

并排儿，熟睡在土炕上。

外边有雪夜；有泥泞；

沙锅里有不够明日的米粮；

小屋，静守住这微光，

缺乏着生活上需要的各样。

缺的是把干柴；是杯水；麦面……

为这吃的喝的，本说不到信仰，——

生活已然，固定的，单靠气力，

在肩臂上边，来支持那生的胆量。

明天，又明天，又明天……

一切都限定了，谁还说希望，——

便使是做梦，在梦里，闪着，

仍旧是这一粒孤勇的光亮？

街角里有盏灯，有点光，

挂在店廊；照在窗槛；

他和她，把他们一家的运命

明白的，全数交给这凄惨。

二十二年九月

忆

新年等在窗外，一缕香，
枝上刚放出一半朵红。
心在转，你曾说过的
几句话，白鸽似的盘旋。

我不曾忘，也不能忘
那天的天澄清的透蓝，
太阳带点暖，斜照在
每棵树梢头，像凤凰。

是你在笑，仰脸望，
多少勇敢话那天，你我
全说了，——像张风筝
向蓝穹，凭一线力量。

二十二年年岁终

灵 感

是你，是花，是梦，打这儿过，
此刻像风在摇动着我：
告诉日子重叠盘盘的山窝；
清泉潺潺流动转狂放的河；
孤僻林里闲开着鲜妍花，
细香常伴着圆月静天里挂；
且有神仙纷纭的浮出紫烟，
衫裾飘忽映影在山溪前；
给人的理想和理想上
铺香花，叫人心和心合着唱；
直到灵魂舒展成条银河，
长长流在天上一千首歌！

是你，是花，是梦，打这里儿过，
此刻像风，在摇动着我；

告诉日子是这样的不清醒；

当中偏响着想不到的一串铃。

树枝里轻声摇曳；金镶上翠，

低了头的斜阳，又一抹光辉。

难怪阶前人忘掉黄昏，脚下草，

高阁古松，望着天上点骄傲；

留下檀香，木鱼，合掌

在神龛前，在蒲团上，

楼外又楼外，幻想彩霞却缀成

凤凰栏杆，挂起了塔顶上灯！

二十四年十月徽因作于北平

风　筝

看，那一点美丽
会闪到天空！
几片颜色，
挟住双翅，
心，缀一串红。

飘摇，它高高的去，
逍遥在太阳边
太空里闪
一小片脸，
但是不，你别错看了
错看了它的力量，
天地间认得方向！
它只是
轻的一片，

一点子美

像是希望，又像是梦；

一长根丝牵住

天穹，渺茫——

高高推着它舞去，

白云般飞动，

它也猜透了不是自己，

它知道，知道是风！

正月十一日

静 院

你说这院子深深的——

美从不是现成的。

这一掬静，

到了夜，你算，

就需要多少铺张？

月圆了残，叫卖声远了，

隔过老杨柳，一道墙，又转，

初一？凑巧谁又在烧香，……

离离落落的满院子，

不定是神仙走过，

仅是迷惘，像梦，……

窗槛外或者是暗的，

或透那么一点灯火。

这掬静，院子深深的

——有人也叫它做情绪——

情绪，好，你指点看

有不有轻风，轻得那样

没有声响，吹着凉？

黑的屋脊，自己的，人家的，

兽似的背耸着，又像

寂寞在嘶声的喊！

石阶，尽管沉默，你数，

多少层下去，下去，

是不是还得栏杆，斜斜的

双树的影去支撑？

对了，角落里边

还得有人低着头脸。

会忘掉又会记起，——会想，

——那不论——或者是

船去了，一片水，或是

小曲子唱得嘹亮；

或是枝头粉黄一朵，

记不得谁了，又向谁认错！

又是多少年前，——夏夜，

有人说：

“今夜，天，……”（也许是秋夜）

又穿过藤萝，

指着一边，小声的，“你看，

星子真多！”

草上人描着影子；

那样点头，走，

又有人笑，……

静，真的，你可相信

这平铺的一片——

不单是月光，星河，

雪和萤虫也远——

夜，情绪，进展的音乐，

如果慢弹的手指

能轻似蝉翼，

你拆开来看，纷纭，

那玄微的细网

怎样深沉的拢住天地，

又怎样交织成

这细致飘渺的彷徨！

二十五年一月

过杨柳

反复底在敲问心同心，

彩霞片片已烧成灰烬，

街的一头到另一条路，

同是个黄昏扑进尘土。

愁闷压住所有的新鲜，

奇怪街边此刻还看见，

混沌中浮出光妍的纷纠，

死色楼前垂一棵杨柳！

二十五年十月一日

冥　思

心此刻同沙漠一样平，[1]
思想像孤独的一个阿拉伯人；
仰脸孤独的向天际望
落日远边奇异的霞光，
安静的，又侧个耳朵听
远处一串骆驼的归铃。

在这白色的周遭中，
一切像凝冻的雕形不动；
白袍，腰刀，长长的头巾，
浪似的云天，沙漠上风！
偶有一点子振荡闪过天线，
残霞边一颗星子出现。

二十五年夏末

[1] 此句后被作者改为“此刻胸前同沙漠一样平”。

红叶里的信念

年年不是要看西山的红叶，
谁敢看西山红叶？不是
要听异样的鸟鸣，停在
那一个静幽的树枝头，
是脚步不能自已的走——
走，迈向理想的山坳子
寻觅从未曾寻着的梦：
一茎梦里的花，一种香，
斜阳四处挂着，风吹动，
转过白云，小小一角高楼。

钟声已在脚下，松同松
并立着等候，山野已然
百般渲染豪侈的深秋。
梦在那里，你的一缕笑，

一句话，在云浪中寻遍
不知落到哪一处？流水已经
渐渐的清寒，载着落叶
穿过空的石桥，白栏杆，
叫人不忍再看，红叶去年
同踏过的脚迹火一般。

好，抬头，这是高处，心卷起
随着那白云浮过苍茫，
别计算在哪里驻脚，去，
相信千里外还有霞光，
像希望，记得那烟霞颜色，
就不为编织美丽的明天，
为此刻空的歌唱，空的
凄恻，空的缠绵，也该放
多一点勇敢，不怕连牵
斑驳金银般旧积的创伤！

再看红叶每年，山重复的
流血，山林，石头的心胸
从不倚借梦支撑，夜夜
风像利刃削过大土壤，
天亮时沉默焦灼的唇，
忍耐的仍向天蓝，呼唤
瓜果风霜中完成，呈光彩，
自己山头流血，变坟台！
平静，我的脚步，慢点儿去，
别相信谁曾安排下梦来！

一路上枯枝，鸟不曾唱，
小野草香风早不是春天。
停下！停下！风同云，水同
水藻全叫住我，说梦在
背后，蝴蝶秋千理想的

山坳同这当前现实的
石头子路还缺个牵连！
愈是山中奇妍的黄月光
挂出树尖，愈得相信梦，
梦里斜晖一茎花是谎！

但心不信！空虚的骄傲
秋风中旋转，心仍叫喊
理想的爱和美，同白云
角逐；同斜阳笑吻；同树，
同花，同香，乃至同秋虫
石隙中悲鸣，要携手去；
同奔跃嬉游水面的青蛙，
盲目的再去寻盲目日子，——
要现实的热情另涂图画，
要把满山红叶采作花！

这萧萧瑟瑟不断的呜咽，
掠过耳鬓也还卷着温存，
影子在秋光中摇曳，心再
不信光影外有串疑问！
心仍不信，只因是午后，
那片竹林子阳光穿过
照暖了石头，赤红小山坡，
影子长长两条，你同我
曾经参差那亭子石路前，
浅碧波光老树干旁边！

生命中的谎再不能比这把
颜色更鲜艳！记得那一片
黄金天，珊瑚般玲珑叶子
秋风里挂，即使自己感觉
内心流血，又怎样个说话？
谁能问这美丽的后面

是什么？赌博时，眼闪亮，

从不悔那猛上孤注的力量；

都说任何苦痛去换任何一分，

一毫，一个纤微的理想！

所以脚步此刻仍在迈进，

不能自已，不能停！虽然山中

一万种颜色，一万次的变，

各种寂寞已环抱着孤影；

热的减成微温，温的又冷，

焦黄叶压踏在脚下碎裂，

残酷地散排昨天的细屑，

心却仍不问脚步为甚固执，

那寻不着的梦中路线，——

仍依恋指不出方向的一边！

西山，我发誓底，指着西山，

别忘记，今天你，我，红叶，

连成这一片血色的伤怆！

知道我的日子仅是匆促的

几天，如果明年你同红叶

再红成火焰，我却不见，……

深紫，你山头须要多添

一缕抑郁热情的象征，

记下我曾为这山中红叶，

今天流血地存一堆信念！

静　坐

冬有冬的来意，

寒冷像花，——

花有花香，冬有回忆一把。

一条枯枝影，青烟色的瘦细，

在午后的窗前拖过一笔画；

寒里日光淡了，渐斜……

就是那样底

像待客人说话

我在静沉中默啜着茶。

二十五年冬十一月

给秋天

正与生命里一切相同，

我们爱得太是匆匆；

好像只是昨天，

你还在我的窗前！

笑脸向着晴空

你的林叶笑声里染红

你把黄光当金子般散开

稚气，豪侈，你没有悲哀。

你的红叶是亲切的牵绊，那零乱

每早必来缠住我的晨光。

我也吻你，不顾你的背影隔过玻璃窗！

你常淘气的闪过，却不对我忸怩。

可是我爱得多么疯狂，
竟未觉察凄厉的夜晚
已在你背后尾随，——
等候着把你残忍的摧毁！

一夜呼号的风声
果然没有把我惊醒，
等到太晚的那个早晨
啊。天！你已经不见了踪影。

我苛刻的咒诅自己，
但现在有谁走过这里，
除却严冬铁样长脸
阴霾中，偶然一见。

一九四七年，北平

人　生

人生，

你是一支曲子，

我是歌唱的；

你是河流

我是条船，一片小白帆

我是个行旅者的时候，

你，田野，山林，峰峦。

无论怎样，

颠倒密切中牵连着

你和我，

我永从你中间经过；

我生存，

你是我生存的河道，

理由同力量。

你的存在

则是我胸前心跳里

五色的绚彩

但我们彼此交错

并未彼此留难。

……

现在我死了，

你，——

我把你再交给他人负担！

展　缓

当所有的情感

都并入一股哀怨

如小河，大河，汇向着

无边的大海，——不论

怎么冲击，怎样盘旋，——

那河上劲风，大小石卵，

所做成的几处逆流

小小港湾，就如同

那生命中，无意的宁静

避开了主流；情绪的

平波越出了悲愁。

停吧，这奔驰的血液；

它们不必全然废弛的

都去造成眼泪。

不妨多几次辗转，溯回流水，

任凭眼前这一切撩乱，

这所有，去建筑逻辑。

把绝望的结论，稍稍

迟缓，拖延时间，——

拖延理智的判断，——

会再给纯情感一种希望！

日　子

优闲的仰着脸

望：

日子同这没有云的天

能不能永远？

又想：

（不敢低头）

疑问同风吹来时，

影子会不会已经

伸得很长，

寂寞的横在

衰柔的青草上？

一串疯话

好比这树丁香，几枝山红杏，
相信我的心里留着有一串话，
绕着许多叶子，青青的沉静，
风露日夜，只盼五月来开开花！

如果你是五月，八百里为我吹开
蓝空上霞彩，那样子来了春天，
忘掉腼腆，我定要转过脸来，
把一串疯话全说在你的面前！

我们的雄鸡

我们的雄鸡从没有以为
　　　自己是孔雀
自信他们鸡冠已够他
　　　仰着头漫步——
一个院子他绕上了一遍
　　　仪表风姿
都在群雌的面前！

我们的雄鸡从没有以为
　　　自己是首领
晓色里他只扬起他的呼声
　　　这呼声叫醒了别人
他经济地保留这种叫喊
　　　（保留那规则）
于是便象征了时间！

（一九四八年二月十八日，清华）

一把心紧似琴弦

年 关

哪里来，又向哪里去，
这不断，不断的行人，
奔波杂遝的，这车马？
红的灯光，绿的紫的，
织成了这可怕，还是
可爱的夜？高的楼影
渺茫天上，都象征些
什么现象？这噪聒中
为什么又凝着这沉静，
这热闹里，会是凄凉？

这是年关，年关，有人
由街头走着，估计着，
孤零的影子斜映着。
一年，又是一年辛苦，
一盘子算珠的艰和难。

日中你敛住气，夜里
你喘，一条街，一条街，
跟着太阳灯光往返，——
人和人，好比水在流，
人是水，两旁楼是山！

　　一年，一年，
连年里，这穿过城市
胸腑的辛苦，成千万，
成千万人流的血汗，
才会造成了像今夜
这神奇可怕的灿烂！
看，街心里横一道影
灯盏上开着血印的花
夜在凉雾和尘沙中
进展，展进，许多口里
在喘着年关，年关……

二十三年废历除夕

吊玮德[1]

玮德，是不是那样，

你觉到乏了，有点儿

不耐烦，

并不为别的缘故

你就走了，

向着那一条路？

玮德你真是聪明；

早早的让花开过了

那顶鲜妍的几朵，

就选个这样春天的清晨，

挥一挥袖

对着晓天的烟霞

[1] 即方玮德（1908—1935），安徽桐城人，新月派诗人，林徽因好友，27 岁因病早逝。

走去，轻轻的，轻轻的
背向着我们。
春风似的不再停住！

春风似的吹过，
你却留下
永远的那么一颗
少年人的信心；
少年的微笑
和悦的
洒落在别人的新枝上。
我们骄傲
你这骄傲
但你，玮德，独不惆怅
我们这一片
懦弱的悲伤？

　黯淡是这人间
　美丽不常走来
你知道。
歌声如果有，也只在
几个唇边旋转！
一层一层尘埃，
凄怆是各样的安排，
即使狂飚不起，狂飚不起，
这远近苍茫，
雾里狼烟，
谁还看见花开！

你走了，
你也走了，
尽走了，再带着去
那些儿馨芳，
那些个嘹亮，

明天再明天，此后
寂寞的平凡中
 都让谁来支持？
 一星星理想，难道
 从此都空挂到天上？

 玮德你真是个诗人
 你是这般年轻，好像
 天方放晓，钟刚敲响……
 你却说倦了，有点儿
 不耐烦忍心，
 一条虹桥由中间拆断；
 情愿听杜鹃啼唱，
 相信有明月长照，
 寒光水底能依稀映成
 那一半连环
 憬憧中

你诗人的希望！

玮德是不是那样
你觉得乏了，人间的怅惘
你不管；
莲叶上笑着展开
浮烟似的诗人的脚步。
你只相信天外那一条路？

廿四年五月十日，北平

十月独行

像个灵魂失落在街边，

我望着十月天上十月的脸，

我向雾里黑影上涂热情

悄悄的看一团流动的月圆。

我也看人流着流着过去，来回

黑影中冲着波浪翻星点

我数桥上栏杆龙样头尾

像坐一条寂寞船，自己拉纤。

我像哭，像自语，我更自己抱歉！

自己焦心，同情，一把心紧似琴弦，——

我说哑的，哑的琴我知道，一出曲子

未唱，幻望的手指终未来在上面？

前　后

河上不沉默的船
载着人过去了；
桥——三环洞的桥基，
上面再添了足迹；
早晨，
早又到了黄昏，
这赓续
绵长的路……

不能问谁
想望的终点，——
没有终点
这前面。
背后，
历史是片累赘！

去　春

不过是去年的春天，花香，

红白的相间着一条小曲径，

在今天这苍白的下午，再一次登山

回头看，小山前一片松风

就吹成长长的距离，在自己身旁。

人去时，孔雀绿的园门，白丁香花，

相伴着动人的细致，在此时，

又一次湖冰将解的季候，已全变了画。

时间里悬挂，迎面阳光不来，

就是来了也是斜抹一行沉寂记忆，树下。

小 诗 一

感谢生命的讽刺嘲弄着我，
会唱的喉咙哑成了无言的歌。
一片轻纱似的情绪，本是空灵，
现时上面全打着拙笨补钉。

肩头上先是挑起两担云彩，
带着光辉要在从容天空里安排；
如今黑压压沉下现实的真相，
灵魂同饥饿的脊梁将一起压断！

我不敢问生命现在人该当如何
喘气！经验已如旧鞋底的穿破，
这纷歧道路上，石子和泥土模糊，
还是赤脚方便，去认取新的辛苦。

（一九四七年，北平）

小 诗 二

小蚌壳里有所有的颜色；
整一条虹藏在里面。
绚彩的存在是他的秘密，
外面没有夕阳，也不见雨点。

黑夜天空上只一片渺茫；
整宇宙星斗那里闪亮，
远距离光明如无边海面，
是每小粒晶莹，给了你方向。

（一九四七年，北平）

恶劣的心绪

我病中，这样缠住忧虑和烦扰，

好像西北冷风，从沙漠荒原吹起，

逐步吹入黄昏街头巷尾的垃圾堆；

在霉腐的琐屑里寻讨安慰，

自己在万物消耗以后的残骸中惊骇，

又一点一点给别人扬起可怕的尘埃！

吹散记忆正如陈旧的报纸飘在各处彷徨，

破碎支离的记录只颠倒提示过去的骚乱。

多余的理性还像一只饥饿的野狗

那样追着空罐同肉骨，自己寂寞的追着

咬嚼人类的感伤；生活是什么都还说不上来，

摆在眼前的已是这许多渣滓！

我希望：风停了；今晚情绪能像一场小雪，

沉默的白色轻轻降落地上；

雪花每片对自己和他人都带一星耐性的仁慈，

一层一层把恶劣残破和痛苦的一起掩藏；

在美丽明早的晨光下，焦心暂不必再有，——

绝望要来时，索性是雪后残酷的寒流！

三十六年十二月病中动手术前

写给我的大姊

当我去了，还有没说完的话，
好像客人去后杯里留下的茶；
说的时候，同喝的机会，都已错过，
主客黯然，可不必再去惋惜它。
如果有点感伤，你把脸掉向窗外，
落日将尽时，西天上，总还留有晚霞。

一切小小的留恋算不得罪过，
将尽未尽的衷曲也是常情。
你原谅我有一堆心绪上的闪躲，
黄昏时承认的，否认等不到天明；
有些话自己也还不曾说透，
他人的了解是来自直觉的会心。

当我去了，还有没说完的话，

像钟敲过后，时间在悬空里暂挂，

你有理由等待更美好的继续；

对忽然的终止，你有理由惧怕。

但原谅吧，我的话语永远不能完全，

亘古到今情感的矛盾做成了嘶哑。

（一九四七年，北平）

一　天

今天十二个钟头，

是我十二个客人，

每一个来了，又走了，

最后夕阳拖着影子也走了！

我没有时间盘问我自己胸怀，

黄昏却蹑着脚，好奇的偷着进来！

我说：朋友，这次我可不对你诉说啊，

每次说了，伤我一点骄傲。

黄昏黯然，无言的走开，

孤单的，沉默的，我投入夜的怀抱！

（三十一年春，李庄）

对残枝

梅花你这些残了后的枝条，
是你无法诉说的哀愁！
今晚这一阵雨点落过以后，
我关上窗子又要同你分手。

但我幻想夜色安慰你伤心，
下弦月照白了你，最是同情，
我睡了，我的诗记下你的温柔，
你不妨安心放芽去做成绿荫。

（一九四六年，昆明）

对北门街园子

别说你寂寞；大树拱立，
草花烂漫，一个园子永远
睡着；没有脚步的走响。

你树梢盘着飞鸟，每早云天
吻你额前，每晚你留下对话
正是西山最好的夕阳。

（一九四六年，昆明）

十一月的小村

我想象我在轻轻的独语：

十一月的小村外是怎样个去处？

是这渺茫江边淡泊的天；

是这映红了的叶子疏疏隔着雾；

是乡愁，是这许多说不出的寂寞；

还是这条独自转折来去的山路？

是村子迷惘了，绕出一丝丝青烟；

是那白沙一片篁竹围着的茅屋？

是枯柴爆裂着灶火的声响，

是童子缩颈落叶林中的歌唱？

是老农随着耕牛，远远过去，

还是那坡边零落在吃草的牛羊？

是什么做成这十一月的心，

十一月的灵魂又是谁的病？

山坳子叫我立住的仅是一面黄土墙；

下午透过云霾那点子太阳！

一棵野藤绊住一角老墙头，斜睨

两根青石架起的大门，倒在路旁

无论我坐着，我又走开，

我都一样心跳；我的心前

虽然烦乱，总像绕着许多云彩，

但寂寂一湾水田，这几处荒坟，

它们永说不清谁是这一切主宰

我折一根柱枝，看下午最长的日影

要等待十一月的回答微风中吹来。

三十三年初冬，李庄

忧　郁

忧郁自然不是你的朋友；

但也不是你的敌人，你对他不能冤屈！

他是你强硬的债主，你呢？是

把自己灵魂压给他的赌徒。

你曾那样拿理想赌博，不幸

你输了；放下精神最后保留的田产，

最有价值的衣裳，然后一切你都

赔上，连自己的情绪和信仰，那不是自然？

你的债权人他是，那么，别尽问他脸貌

到底怎样！呀天，你如果一定要看清

今晚这里有盏小灯，灯下你无妨同他

面对面，你是这样的绝望，他是这样无情！

（一九四四年，李庄）

哭三弟恒
——三十年空战阵亡

弟弟，我没有适合时代的语言

来哀悼你的死；

它是时代向你的要求，

简单的，你给了。

这冷酷简单的壮烈是时代的诗

这沉默的光荣是你。

假使在这不可免的真实上

多给了悲哀，我想呼喊，

那是——你自己也明了——

因为你走得太早，

太早了，弟弟，难为你的勇敢，

机械的落伍，你的机会太惨！

三年了，你阵亡在成都上空，
这三年的时间所做成的不同，
如果我向你说来，你别悲伤，
因为多半不是我们老国，
而是他人在时代中辗动，
我们灵魂流血，炸成了窟窿。

我们已有了盟友、物资同军火，
正是你所曾经希望过。
我记得，记得当时我怎样同你
讨论又讨论，点算又点算，
每一天你是那样耐性的等着，
每天却空的过去，慢得像骆驼！

现在驱逐机已非当日你最想望
驾驶的“老鹰式七五”那样——
那样笨，那样慢，啊，弟弟不要伤心，

你已做到你们所能做的，

别说是谁误了你，是时代无法衡量，

中国还要上前，黑夜在等天亮。

弟弟，我已用这许多不美丽言语

算是诗来追悼你，

要相信我的心多苦，喉咙多哑，

你永不会回来了，我知道，

青年的热血作了科学的代替；

中国的悲怆永沉在我的心底。

啊，你别难过，难过了我给不出安慰。

我曾每日那样想过了几回：

你已给了你所有的，同你去的弟兄

也是一样，献出你们的生命；

已有的年轻一切；将来还有的机会，

可能的壮年工作，老年的智慧；

可能的情爱，家庭，儿女，及那所有
生的权利，喜悦；及生的纷纠！
你们给的真多，都为了谁？你相信
今后中国多少人的幸福要在
你的前头，比自己要紧；那不朽
中国的历史，还需要在世上永久。

你相信，你也做了，最后一切你交出。
我既完全明白了，为何我还为着你哭？
只因你是个孩子却没有留什么给自己，
小时我盼着你的幸福，战时你的安全，
今天你没有儿女牵挂需要抚恤同安慰，
而万千国人像已忘掉，你死是为了谁！

三十三年，李庄

孤　岛

遥望它是充满画意的山峰，
远立在河心里高傲的凌耸，
可怜它只是不幸的孤岛，——天然没有埂堤，
人工没搭座虹桥。

他同他的映影永为周围水的囚犯；
陆地于它，是达不到的希望！
早晚寂寞它常将小舟挽住，
风雨时节任江雾把自己隐去。

晴天它挺着小塔，玲珑独对云心；
盘盘石阶，由钟声松林中，超出安静。
特殊的轮廓它苦心孤诣做成，
漠漠大地又哪里去找一点同情？

死是安慰

个个连环，永打不开，
生是个结，又是个结！
　　死的实在，
　　　一朵云彩。

一根绳索，永远牵住，
生是张风筝，难得飘远，
　　死是江雾，
　　　迷茫飞去！

长条旅程，永在中途，
生是脚步，泥般沉重，——
　　死是尽处，
　　　不再辛苦。

一曲溪涧，日夜流水，

生是种奔逝，永在离别！

死只一回，

它是安慰。

古城黄昏

我见到古城在斜阳中凝神；
城楼望着城楼，
忘却中间一片黄金的殿顶；
十条闹街还散在脚下，
虫蚁一样有无数行人。

我见到古城在黄昏中凝神；
乌鸦噪聒的飞旋，
废苑古柏在困倦中支撑。
无数坛庙寂寞与荒凉，
锁起一座一座剥落的殿门。

我听到古城在薄暮中语：
僧寺悄寂，熄了香火；
钟声沉下，市声里失去；
车马不断扬起年代的尘土，
到处风沙叹息着历史。

图书在版编目（CIP）数据

十月独行 / 林徽因著. -- 杭州 ：浙江人民美术出版社，2018.5
（经典悦读）
ISBN 978-7-5340-6734-1

Ⅰ. ①十… Ⅱ. ①林… Ⅲ. ①诗集－中国－现代 Ⅳ. ①I226

中国版本图书馆CIP数据核字(2018)第086154号

作　　者　林徽因
插　　图　瞿　澜

责任编辑　许诺安　罗仕通
责任校对　余雅汝
责任印制　陈柏荣

十月独行（经典悦读）

林徽因 著

出版发行　浙江人民美术出版社
地　　址　杭州市体育场路347号
电　　话　0571-85176089
网　　址　http://mss.zjcb.com
经　　销　全国各地新华书店
制　　版　杭州美虹电脑设计有限公司
印　　刷　浙江海虹彩色印务有限公司
开　　本　635mm×965mm　1/16
印　　张　9
字　　数　78千字
版　　次　2018年5月第1版 · 第1次印刷
书　　号　ISBN 978-7-5340-6734-1
定　　价　23.80元